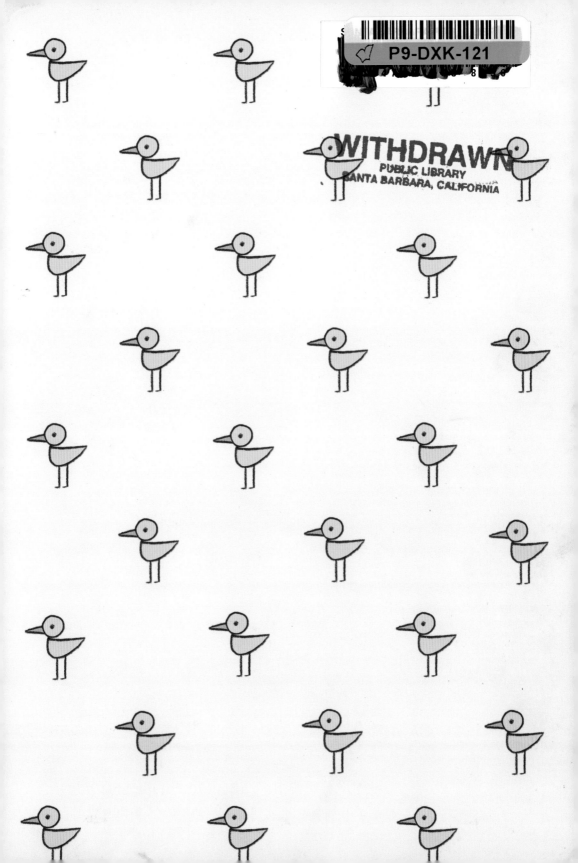

A Lee y Diane

Reservados todos los derechos. Publicado por Hyperion Books for Children, sello editorial de Disney Book Group. Ninguna parte o fragmento de este libro puede ser reproducida ni transmitida por ninguna vía o medio, electrónico o mecánico, incluyendo fotocopias, grabación, o sistema electrónico de almacenamiento y recuperación, sin permiso escrito de la casa editorial. Para información, diríjase a Hyperion Books for Children, 125 West End Avenue, New York, New York 10023.

Impreso en Malasia
Encuadernación reforzada
FAC-029191-16364

Primera edición en español, marzo 2017
1 3 5 7 9 10 8 6 4 2
Visita www.hyperionbooksforchildren.com y www.pigeonpresents.com

This book is set in Century 725 and Helvetica/Monotype; Grilled Cheese/Fontbros

This title won a 2008 Theodor Seuss Geisel Award Honor for the English U.S. Edition published by Hyperion Books for Children, an imprint of the Disney Book Group, in the previous year in 2007.

adaptado al español por
F. Isabel Campoy

¡Tienes un pájaro en la cabeza!

Un libro de ELEFANTE y CERDITA

Por **Mo Willems**

Hyperion Books for Children / *New York*
AN IMPRINT OF DISNEY BOOK GROUP

¿Tengo algo en la cabeza?

6

¿Tengo un pájaro
en la cabeza?

aaayyy!!!

¿Todavía tengo un pájaro en la cabeza?

No.

Ahora tienes dos pájaros en la cabeza.

16

¡Están enamorados!

¡Son pájaros enamorados!

19

¿Cómo sabes
que están
enamorados?

¡Porque están haciendo un nido!

¿Dos pájaros están haciendo un nido en mi cabeza?

No me atrevo a preguntar. . .

29

Tienes tres huevos
en la cabeza.

¡No quiero tener tres huevos en la cabeza!

¿Ya no están los huevos?

41

¡Ahora tengo tres pajaritos en la cabeza!

¡Yo no quiero tres pajaritos, dos pájaros y un nido en la cabeza!

¡EN CUALQUIER OTRO SITIO!

¿Por qué no les pides que se vayan a otro sitio?

¿Pedírselo?

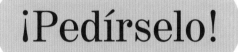

¡Pedírselo!

49

¡Gracias, Cerdita!
¡Muchas gracias!

¿Has leído todas las aventuras que existen en español de Elefante y Cerdita?

¡Hoy volaré!

¡Tienes un pájaro en la cabeza!
(Medalla Theodor Seuss Geisel)

¡Estamos en un libro!
(Theodor Seuss Geisel Honor)

¿Debo compartir mi helado?

¡Un tipo grande se llevó mi pelota!
(Theodor Seuss Geisel Honor)

¡Esperar no es fácil!
(Theodor Seuss Geisel Honor)